Snap Sydyn

Robert Swindells

Addasiad Gordon Jones

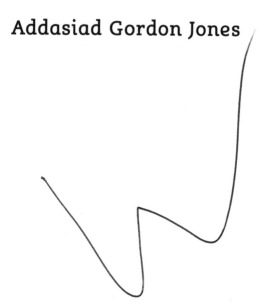

Cyhoeddwyd am y tro cyntaf ym Mhrydain yn 2005
gan Barrington Stoke Ltd., 18 Walker Street, Edinburgh EH3 7LP
www.barringtonstoke.co.uk
dan y teitl *Snapshot*.

Cyhoeddwyd gan Y Ganolfan Astudiaethau Addysg, Aberystwyth
(www.caa.aber.ac.uk).

Noddwyd gan Lywodraeth Cynulliad Cymru.

ISBN 978-1-84521-210-0

Golygwyd gan Delyth Ifan
Dyluniwyd gan Richard Huw Pritchard
Llun y clawr gan Mike Collins
Argraffwyd gan Argraffwyr Cambria

Nodyn gan yr awdur

Yn 2003 derbyniais lythyr oddi wrth fachgen o Walthamstow. Gyda'r llythyr roedd darn wedi'i dorri allan o bapur newydd yn sôn am beth ddigwyddodd iddo.

Roedd wedi gweld lladrad ac roedd ei gamera ganddo. Wrth i'r lleidr geisio dianc, collodd reolaeth ar ei gar. Tarodd y car i mewn i wal yn agos iawn at y ffotograffydd ifanc. Pan ddaeth y lleidr allan o'i gar a rhedeg i ffwrdd, tynnodd y bachgen *snaps* ohono.

Rhoddodd y bachgen y lluniau i'r heddlu. Fel gwobr am wneud hynny, cafodd wahoddiad gan yr heddlu i dreulio diwrnod gyda nhw yng ngorsaf heddlu Bow. Rhoddodd *Crimestoppers* gamera digidol iddo i ddiolch iddo am fod mor ddewr ac am feddwl mor chwim.

O'r ddrama go iawn yma daeth y syniad ar gyfer y stori hon.

Cynnwys

1   "Pen-blwydd olaf i mi . . ."   1

2   Gest ti Rif y Car?   7

3   Colli Camera   14

4   Cysgod, Camera, Bang   21

5   Safle Trosedd   27

6   Dau Mewn Diwrnod   35

7   *Coco Pops* yn y Gwely   41

8   Fel Malwen   47

9   Hip, Hip . . .   57

Pennod 1

"Pen-blwydd olaf i mi . . ."

Oedd, roedd hi bron iawn â bod yn ben-blwydd olaf i mi. Bron i mi farw. Philip ydw i, gyda llaw. Philip Huws. Dw i'n byw yn Nhŷ Gwellt. Na, nid tŷ gwellt fel yn stori'r Tri Mochyn Bach – bloc o fflatiau ydy Tŷ Gwellt. Ar y trydydd llawr rydyn ni. Mam, Dad a finnau. Dim brodyr na chwiorydd.

Mae pawb yn meddwl dy fod yn cael dy ddifetha os wyt ti'n unig blentyn, ond dydw i ddim. No-wê. Rhaid i mi weithio am bob ceiniog, a dydw i ddim yn cael llawer wedyn. Rydw i wedi bod yn cynilo drwy'r flwyddyn i gael *digicam* – camera bach digidol. Ond roedd hynny fel gwthio cneuen i fyny Mynydd Everest efo blaen fy nhrwyn. Daeth hynny i ben ar fy mhen-blwydd. Cefais *ddigicam* yn anrheg pen-blwydd gan Yncl Harri. Un *state of the art* hefyd – yn ddur sgleiniog i gyd, yr un maint â bocs matshys. Ro'n i wedi gwirioni. Allwn i ddim aros i fynd tu allan i dynnu un neu ddau o *snaps*.

Mae fy mêt Dylan yn meddwl 'mod i'n *sad* yn tynnu lluniau, ond does dim ots gen i. "Yn well na dy hen smocio di, neu holl ddwyn Mel dy frawd," fydda i'n dweud wrtho. Mae Dylan yn smocio o olwg ei fam, ac mae Mel ei frawd mawr yn dwyn o siopau ac oddi ar bobol a phethau felly. Mae o wedi bod yn y carchar ddwywaith. Am bloncyr. Cefais beltan gan Dylan am ddweud hynny am ei frawd, ond mae'n wir. Dydy tynnu lluniau ddim yn achosi canser, a chei di mo dy daflu i'r jêl am wneud chwaith.

Ond mae tynnu lluniau yn gallu bod yn beryglus. Roedd o i mi ar ddiwrnod fy mhen-blwydd . . .

"Lle wyt ti'n mynd?" medd Mam. Dw i wrth y drws, yn gwisgo fy hŵdi. Dw i'n dangos anrheg Yncl Harri iddi – y *digicam*. Yn ei chwifio uwch fy mhen. "Mynd i dynnu un neu ddau o *snaps* sydyn, Mam."

"*Snaps o beth*, felly?" mae'n dweud. "Dim ond strydoedd sy allan fan'na."

"Mae strydoedd yn cŵl, Mam," dw i'n ateb. "Mae lot o bobol yn tynnu lluniau o strydoedd."

"Ie, ac mae lot o bobol yn dwp hefyd," mae'n chwyrnu. "Paid â mynd yn bell, bydd hi'n dywyll cyn bo hir." Ti'n gweld – dw i wedi dod 'nôl o'r ysgol. Mae'n amser te, a dim ond newydd agor fy nghardiau ac anrhegion ydw i. Pam fod raid i ti fynd i'r ysgol ar dy ben-blwydd? Dydy o ddim yn deg, os wyt ti'n gofyn i mi.

Felly allan â mi ar hyd y rhodfa ac i lawr y grisiau. Mae 'na lifft, ond mae o'n drewi, a beth bynnag mae'n gynt cerdded i lawr. Roedd hi'n tywyllu ac yn pigo bwrw. Roedd y golau o ffenestri'r siopau a'r ceir yn gwneud i'r stryd sgleinio. Tynnais lun. Roedd golau gwyn o lampau blaen y ceir ar un ochr a lliw coch o'r brêcs a'r goleuadau ôl. Ac ambell fflach o oren yn y ffrâm. Cefais siot dda, ac ro'n i wedi dal popeth yn berffaith.

Dyna lle ro'n i ar ochr y pafin, yn snapio'n braf, pan arafodd y car 'ma a stopio y tu allan i siop emwaith. Dyma ddau foi yn dod allan, ond arhosodd y gyrrwr yn ei sedd. Y rheswm wnes i ddechrau'u gwylio oedd ei fod yn edrych fel petai un o'r bois yn cuddio rhywbeth o dan ei gôt. Ond ro'n i'n brysur a trois i edrych ar rywbeth arall. Wedyn clywais ffenest y siop yn chwalu. Edrychais draw wedyn, yn syth.

Bwyell oedd gan y boi yna o dan ei gôt. Chwifiodd hi at ffenest y siop emwaith ddwy neu dair gwaith. Roedd y gwydr yn hedfan i bobman. Yn disgleirio ar y pafin o gwmpas ei sgidiau. Sgrechiodd rhywun. Agorodd drws y siop a daeth dau berson allan. Roedden nhw'n gweiddi ac yn chwifio'u breichiau yn yr awyr. Camodd dyn y fwyell atyn nhw. Cododd llafn y fwyell i'w hwynebau. Dyma'r ddau yn dod i stop sydyn yn eu hunfan, yn union fel cymeriadau mewn ffilm gartŵn. Erbyn hyn roedd yr ail foi yn estyn i mewn i'r ffenest. Roedd o'n bachu hambyrddau yn llawn modrwyon a watsys. Ro'n i wedi synnu gymaint wnes i ddim hyd yn oed cofio am fy nghamera. Aeth eiliadau heibio cyn i mi feddwl am dynnu llun. Roedd breichiau un o'r dynion yn llawn o'r hambyrddau allan o'r ffenest wedi torri. Roedd o'n eu taflu i gist ei gar. Cerdded am yn ôl oedd y llall, gan sgyrnygu ar bobol y siop a chwifio'i fwyell yr un pryd . . .

Ces i bedwar *snap*. O'r ddau foi wrth iddyn nhw gythru'n ôl i mewn i'r car. O'r gyrrwr wrth iddo weiddi arnyn nhw i frysio. O'r car wrth iddo gychwyn, gyda phen dyn y fwyell a'i fraich yn dal i fod tu allan i'r car. A'r llun olaf o'r car yn gyrru'n syth amdanaf i!

A dyna pam ro'n i'n dweud am fy mhen-blwydd olaf. Roedd y gyrrwr wedi fy ngweld i a fy nghamera. Gwenwch plîs – ond doedd *o* ddim yn gwenu. Roedd yn plygu'n isel dros y llyw, yn ei gwman fel rhyw seico gwallgo.

Cododd y car ar y pafin a gwibio tuag ataf. Sefais wedi rhewi nes oedd hi bron yn rhy hwyr. Ar yr eiliad olaf, wrth i'r olwynion sboncio ar y pafin, neidiais y tu ôl i flwch postio. Crychodd ochr y car wrth iddo daro'r blwch postio. Hedfanodd ddrych ochr y car heibio fy mhen. Crensiodd y gyrrwr ei gêrs, bacio'n ôl a rhuo i ffwrdd. Eisteddais ar y pafin ac ro'n i'n crynu gymaint bu'n rhaid i mi gydio'n dynn yn y blwch postio. Dyma ddynes yn dod ataf a rhoi ei llaw yn ysgafn ar fy ysgwydd. "Wyt ti'n iawn, cariad?" gofynnodd.

Pennod 2

Gest ti Rif y Car?

"Y – ydw, dw i'n iawn," meddwn i yn fy nghwrcwd y tu ôl i'r blwch postio. Do'n i ddim yn teimlo'n iawn o *gwbl*. Ond roedd pobol yn syllu arnaf. Mae'n gas gen i pan mae pobol yn syllu arnaf. Ro'n i'n ysu am gael dianc oddi yno. Ysgydwodd y ddynes ei phen. "Rwyt ti'n wyn fel y galchen, cariad – y sioc mae'n siŵr. Gest ti rif y car?" gofynnodd.

"Yy? Be? Naddo, wnes i ddim meddwl am hynny." Ro'n i'n dal i grynu.

Dyma'r dyn yma'n camu ymlaen. "Mae o gen i, wedi'i sgriblo fo yn fy llyfr bach," meddai hwnnw gan chwifio'r llyfr nodiadau. "Rydw i wastad yn ei gario rhag ofn." Gallet ti ddweud ei fod o'n meddwl ei fod yn gallach na phawb arall yno. Nodiodd y ddynes ei phen. "Ac mae gynnoch chi ffôn yn handi hefyd, mae'n siŵr?"

"Wrth gwrs."

"Galwch 999, felly."

"Wedi gwneud. Mae'r heddlu ar eu ffordd."

"Ro'n i'n meddwl braidd," meddai'r ddynes. Trodd a dweud wrth bawb oedd yn gwylio, "Gwell i bawb aros yma. Bydd angen i chi roi datganiadau i'r heddlu."

Doeddwn i ddim am aros. Unwaith oedd hi wedi troi ei chefn, sleifiais oddi yno. Mae 'na lôn gefn fach yma sy'n rhedeg rhwng dwy siop. Mae'n arwain i'r stryd nesaf. Gwaeddodd rhywun "Hoi!" wrth i mi ruthro i'r cysgodion, ond roeddwn i wedi mynd fel llygoden fawr i dwll. Doedd dim gobaith ganddyn nhw fy nal i. Ces i fy ngeni yn yr ardal, a dw i'n nabod y rhan yma o'r dre fel cefn fy llaw.

Paid â chamddeall. Dydw i ddim yn elyn i'r heddlu. Nid dyna pam redais i i ffwrdd. Ro'n i'n gwybod bod tystiolaeth yn fy nghamera. Lluniau fyddai'n handi i'r heddlu. Ro'n i'n gwybod y dylwn eu pasio 'mlaen.

Ond roedd problem. *Dwy* broblem a dweud y gwir. Yn gyntaf, ro'n i bron â marw eisiau gweld y lluniau fy hun. Roedd hynny'n golygu mynd â'r camera at Yncl Harri am fod y meddalwedd iawn ar ei gyfrifiadur o. Ac yn ail, ro'n i'n nabod un o'r bois – yr un oedd yn hoffi gwneud ei siopa mewn ffenestri wedi'u torri. Does dim angen rhoi tri chynnig i ti ar ei enw chwaith. Mel Humphreys oedd o, brawd fy mêt Dylan. Wyt ti'n ei gofio fo?

Mel druan. Ie, dw i'n *gwybod* ei fod o'n ddihiryn, ond mae o'n un mor *sad*. Mae o'n ddau sleisen yn brin o dorth, meddai Dad. Mae pawb yn cymryd mantais ohono. Yn rhedeg i ffwrdd a'i adael i dderbyn y bai. Fel y dywedais, mae o wedi bod yn y jêl ddwywaith yn barod. Dydw i ddim am fod yr un sy'n ei roi yn ôl yno eto. Chwarae teg, brawd fy mêt gorau ydy o, yntê?

Beth bynnag, dyna pam wnes i redeg i ffwrdd yn hytrach nag aros yno i wneud fy nyletswydd fel dinesydd gonest. Ond doedd hi ddim yn hir cyn i mi ddifaru peidio aros.

Dyma fi'n dod allan o'r lôn gefn, troi i'r dde a cherdded i ffwrdd yn hollol hamddenol. Doedd neb wedi rhedeg ar fy ôl, ro'n i'n gwybod na fyddai neb yn gwneud. Cerddais ymlaen fymryn pellach a chymryd dau dro i'r dde ar ôl ei gilydd. Ro'n i'n ôl yn fy stryd fy hun, tua 200 metr o'r blwch postio lle dechreuodd y cyfan. Roedd hi wedi gorffen pigo bwrw glaw. Gallwn weld goleuadau glas yn fflachio y tu allan i'r siop emwaith.

Ro'n i wedi dod dros y cryndod mawr. A dweud y gwir ro'n i'n teimlo mor ddidaro dyma fi'n penderfynu crwydro'n ôl at y siop, ond ar ochr arall y ffordd iddi, i weld beth oedd yn digwydd. Stopiais am eiliad i dynnu fy hŵd dros fy mhen rhag i neb fy nabod. Dyna pryd y sylwais fod rhywun yn fy nilyn.

Roedd o'n gwisgo cap pêl-fas tywyll a siaced *puffer*. Roedd o tua 20 metr y tu ôl i mi. Pob tro ro'n i'n stopio, roedd yntau'n stopio hefyd. Dyma fo'n aros y tu allan i siop fetio William Hill. Ro'n i'n mynd heibio'r lle bob dydd. Dw i'n gwybod yn iawn nad oes dim i'w weld yn y ffenest. Eto roedd hwn yn syllu i mewn i'r ffenest fel tasai pishyn anhygoel o ddel yn cael bàth o'i flaen yno. Sôn am ollwng y gath o'r cwd! Symudais ymlaen, yna syllu'n ôl. Roedd o'n dal i ddilyn.

Do'n i'n poeni dim. Ro'n i'n teimlo'n gyffrous a dweud y gwir. Nid bob dydd mae'r cyfle'n dod i gael antur go iawn a, fel y dywedais, rydw i'n nabod yr ardal fel cefn fy llaw. Gallwn gael gwared arno unrhyw bryd ro'n i eisiau. Byddwn yn gadael iddo fy nghysgodi am ychydig, wedyn yn ei golli.

Ro'n i'n gwybod beth oedd o eisiau, a pham oedd o ei angen. Ar ôl fy nghamera oedd o, am mai un o'r lladron gemau oedd o. Ai'r gyrrwr oedd hwn? Neu'r un efo'r fwyell? Ches i fawr o gip ar eu hwynebau, ond efallai bod y camera wedi'u dal. Doedd y boi y tu ôl i mi ddim yn ffansïo mynd ar wyliau i'r jêl, felly roedd o am racsio'r dystiolaeth – y *snaps* yn fy *digicam*. Wedi'r cyfan, mater hawdd ydy bachu camera oddi ar blentyn, yntê?

Yn fwy anodd nag wyt ti'n feddwl, mêt, meddyliais. Y cynllun cyntaf oedd i'w arwain at un o'r blociau ar ein stad ni. Maen nhw fel tyllau cwningod os nad wyt ti'n eu nabod. Mae pawb yn mynd ar goll yno. Wedyn dyma feddwl, *Na, roedd o'n disgwyl fy nal i ar fy mhen fy hun er mwyn fy nychryn neu bachu'r camera oddi arnaf. Felly cadw ar y strydoedd fyddai orau. Wneith o ddim meiddio fy nhaclo o flaen cannoedd o bobol.*

Felly dyna beth wnes i. Cerdded y strydoedd ar hap. Wrth gwrs wnes i osgoi tir agored a lonydd cefn. Byddwn yn stopio i edrych i mewn i ffenestri weithiau. Roedd hynny'n ei gadw'n effro. Mae'n siŵr ei fod yn mynd o'i go. Yng nghefn fy meddwl ro'n i'n gwybod fy mod yn chwarae gêm beryglus. Ond ar y pryd do'n i ddim yn gwybod *pa mor* beryglus. Pe bawn i'n gwybod pwy oedd yn fy nilyn byddwn wedi rhoi'r camera iddo ac wedi cynnig fy mraich chwith am ddim iddo hefyd.

Pennod 3

Colli Camera

Dysgais nad dihiryn *smash-and-grab* cyffredin mo'r boi oedd yn fy nilyn wedi i mi sylwi na allwn gael gwared arno. Dyna oedd y cliw cyntaf i ddangos nad un o fêts amheus Mel oedd hwn. Triais bob tric yn y llyfr ond roedd o'n dal yn sownd i mi fel glud.

Mae rhywbeth o'i le, meddyliais. *Mae'r boi yma'n glyfar, yn wahanol i'r math o foi sy'n arfer hongian o gwmpas Mel Humphreys.*

Roedd hi'n chwech o'r gloch. A doedd y gêm

yma ddim yn ddoniol erbyn hyn. Ro'n i'n gwybod
y byddai'n gamgymeriad mawr i adael i 'fy
nghysgod', pwy bynnag oedd o, wybod lle o'n i'n
byw. Ar y llaw arall, byddai Mam yn mynd yn
wallgo petawn i'n aros allan yn hwyrach na hyn.
Fy unig ddewis oedd anelu am Tŷ Gwellt a
gobeithio ei ddrysu yng nganol yr holl risiau a
rhodfeydd.

Wrth i mi wthio'n erbyn y drysau ar waelod
grisiau fy mloc i, rhoddais gip sydyn yn ôl. Roedd
y boi tua 50 metr y tu ôl i mi. Roedd yn cerdded
yn gyflym a'i ddwylo yn ei bocedi. Erbyn hyn nid
oedd yn smalio cuddio'i ddiddordeb, roedd yn
edrych yn syth ataf. Sleifiais i mewn, gan adael
i'r drysau glepian ynghau ar fy ôl.

Meddyliais am fynd yn y lifft, ond roedd
hwnnw'n gwneud popeth yn araf, araf *iawn*. Pan
fyddech yn pwnio'r botwm cau byddai'r lifft yn
meddwl am y peth am oesoedd. Wedyn dechrau
symud fel petai ar dabledi cysgu. Beth wnes i
nesaf oedd hyn – plygu i mewn a phwyso rhif

saith. Dyna'r llawr top. Wedyn rhedeg i fyny'r grisiau.

Gadewais i'r lifft feddwl am beth o'n i wedi gofyn iddo wneud. Gyda lwc, byddai'r dyn oedd yn fy nilyn yn cyrraedd y lifft fel roedd y drysau'n cau. Byddai'r goleuadau uwchben y drysau'n dangos bod y lifft ar ei ffordd i'r llawr uchaf. Byddai'n meddwl fy mod i yn y lifft. Efallai y byddai'n aros i'r lifft ddod i lawr neu'n dewis mynd i fyny'r grisiau. Ond ni fyddai'n dod o hyd i mi. Fy nghynllun oedd cuddio ar landing yr ail lawr, yn y stafell sbwriel fach.

Efallai na fyddai fy nghynllun yn gweithio. Pe bai'r boi yn tsecio'r holl ddrysau, byddwn wedi fy stwffio. Yr unig ffordd allan oedd i lithro i lawr y twll sbwriel yn y stafell. Do'n i ddim yn gwybod os oedd hwn yn rhan o'r tîm *smash-and-grab*, ond ro'n i'n dal yn sicr ei fod ar ôl fy nghamera. Neu yn hytrach ar ôl y *snaps* y tu mewn iddo. *Doedd o byth yn mynd i gael fy lluniau, beth bynnag ddigwyddai.*

Hanner ffordd i fyny'r grisiau cyntaf, stopiais am eiliad a thynnu'r *smart-card* – y cerdyn clyfar – allan o'r camera. Petai'r boi yn fy nal i, byddwn yn rhoi'r camera gwag iddo. A gobeithio na fyddai'n ei tsecio.

Ar fy ffordd i fyny'r grisiau, clywais y lifft yn gwichian heibio. Gan nad o'n i'n gallu gweld drwy'r concrît, doedd dim syniad gen i os oedd fy nghysgod yno ai peidio. Ro'n i'n gobeithio'i fod o. Os na, ni fyddai'n bell ar fy ôl i.

Wnes i ddim cyrraedd cyn belled â'r ail lawr. Doedd dim bylb golau i'w gael ar landing y llawr cyntaf, ac yno yn y cysgodion safai fy hen ffrind, Blefyn, a'i ddau fêt, Peltan a Drewgi.

"Helô, Phil mêt," medd Blefyn. "Roefan ni'n poeni be oef wedi digwyf i ti, doefan, bois?"

Nodiodd Drewgi. "Heb dy weld di erstalwm, Fflipyr. Be sgen ti fan'na?"

"Dim ond camera," atebais. Dwyn ffonau symudol oedd peth Blefyn a'r bois. Ro'n i'n gobeithio na fyddai ganddyn nhw ddim diddordeb mewn camerâu.

Gwenodd Blefyn. "*Dim ond* camefa, Fflipyf bach? *Dim ond?*" Estynnodd ei law allan. "Gad i mi weld." Ro'n i'n gwybod nad oedd gen i ddim dewis, felly dyma roi'r camera iddo.

Chwibanodd Blefyn. "Nid *dim ond camefa* ydy hwn, boi bach. Dw i wedi gweld un o'r rhain yn Jessops, £200 yr un. A titha'n dweud mai dim ond camefa ydy hwn. Dwyt ti'n gwybod dim am dechnoleg *cutting edge*, dyna sy'n bod arnat ti." Cilwenodd yn slei. "Mae hwn yn haefu boi sy'n mynd i ofalu amdano. Be dach chi'n ddweud, hogia?"

Roedd y mygyrs eraill yn cytuno, wrth gwrs. "Ti'n iawn," medd Peltan. "Mae hwnna wedi'i wastio ar rywun fel Fflipyr."

"Wedi'i wastio," medd Drewgi, fel carreg ateb i Peltan.

"Dyna fo ta," medd Blefyn. "Rydw i a fy mêts am gadw'r diji gwych 'ma. Gan dy fod di wedi bod mor fa efo ni, wnawn ni adael i ti gadw dy ffôn, iawn?"

"Ddim yn iawn," meddaf i. Dw i'n gwybod na wneith o ddim gweithio ond rhaid i mi drio'u perswadio. "Presant pen-blwydd ydy'r camera. Gan fy yncl. Dim ond hanner awr mae o wedi bod gen i."

Gwenodd Blefyn. "O, do'n i ddim yn gwybod mai dy *ben-blwyf* di oef hi, Phil," meddai gan droi at y lleill. "Glywsoch chi hynna, hogia? Mae hyn yn galw am gân fach, yn dydy?"

Nodiodd ei ffrindiau a dechrau canu allan o diwn,

"Pen-blwyf hapus i ti

Pen-blwyf hapus i ti

Pen-blwyf hapus i Fflipyr

Pen-blwyf hapus i ti."

Wrth i'w lleisiau atseinio'r holl ffordd o gwmpas y grisiau, herciodd Blefyn ei ben. "Hegla hi, boi bach. Cyn i mi ofyn faint ydy dy oed ti a bangio dy ben ar y step, un bang am bob blwyddyn."

Byddwn wedi hoffi bod yn ddigon dewr i blannu fy nwrn yn ei wyneb, un pwniad am bob blwyddyn. Yn lle hynny, ro'n i'n cael trafferth peidio crio.

Dyma fi'n troi i ffwrdd a dringo'r grisiau. Ro'n i'n poeni y byddwn yn taro i mewn i'r dyn oedd wedi bod yn fy nilyn.

Un peth na wyddwn bryd hynny oedd na fyddwn i byth eto yn cyfarfod â Blefyn.

Pennod 4

Cysgod, Camera, Bang

Ro'n i newydd gyrraedd landing yr ail lawr pan glywais fang uchel. Mae pob sŵn yn atseinio o gwmpas y blociau hyn. Does ond raid i ti disian ar y llawr gwaelod i ti gael llond clust o ateb gan ryw hen ddynes ar y seithfed llawr. Ond roedd y bang yma'n uchel iawn. Wedyn clywais Peltan yn gweiddi, "Na, na, na."

Doedd gen i ddiawl o ots am Peltan a'i fêts. Mwy na thebyg na fyddwn wedi cymryd sylw o'r sŵn ac wedi sleifio i mewn i'r stafell sbwriel ar yr ail lawr cyn i 'nghysgod ymddangos. Ond wedyn dechreuodd fy meddwl gysylltu pethau. Fy nghysgod. Y camera. Y bang. Rhedais allan i'r rhodfa ac edrych i lawr. Gwelwn ddyn oedd newydd adael y fflatiau ac yn rhuthro i ffwrdd. Boi mewn siaced *puffer* a chap pêl-fas.

Es yn ôl at y grisiau a rhedeg i lawr. Gallwn glywed Peltan yn griddfan. Wedi cyrraedd y llawr cyntaf gallwn weld Blefyn yn gorwedd ar led a'i wyneb i'r llawr. Roedd y ddau arall yn syllu arno. Doedden nhw ddim yn edrych mor galed â'r tro diwethaf y gwelais i nhw. Roedd wyneb Peltan yn wlyb a sgleiniog gan ddagrau a cheg Drewgi ar agor yn llydan fel pysgodyn ar stondin marchnad. Clywodd fi ac edrych i fyny.

"Mae o wedi'i saethu fo, Fflipyr. Daeth i fyny'r grisia, a bang. Wedi bachu'r camera." Snwffiodd. "Mae o wedi marw, dw i'n meddwl."

Edrychais i lawr ar Blefyn. Do'n i erioed wedi gweld neb marw o'r blaen. Roedd yna staen gwlyb yr un maint â C.D. ar ei gefn fymryn yn is na'i ysgwydd chwith.

"Dw innau'n meddwl ei fod o wedi marw hefyd, Drewgi," cytunais. "Wyt ti wedi galw'r Moch?"

Efallai bod hynny'n swnio'n cŵl, ond doedd o ddim. Do'n i ddim. Ro'n i'n cofio sut oeddwn wedi chwarae gêmau efo'r boi oedd wedi gwneud hyn. Fi wnaeth ei arwain hyd bob man. Er mwyn cael hwyl. A'r holl amser roedd yn cario gwn yn ei boced. Byddai wedi'i ddefnyddio arnaf i pe bai wedi fy nal. Yn hytrach na Blefyn, *fy nghorff i* allai fod yn gorwedd ac yn oeri ar y llawr.

Roedd Drewgi'n ysgwyd ei ben. "Na, wrth gwrs dydan ni ddim wedi galw'r Moch. Dydy Peltan a fi byth yn siarad efo'r Moch. A dweud y gwir, well i ni 'i heglu hi." Edrychodd ar Peltan. "Tyd, mêt, does 'na ddim allwn ni wneud yn fan'ma."

"Dal dy ddŵr," meddaf yn ddifrifol wrtho. "Allwch chi ddim jest cerdded o'ma, nid oddi wrth hyn. Llofruddiaeth ydy hyn. Fe welsoch chi o'n digwydd. Rydach chi'n dystion. Bydd gan yr heddlu gwestiynau . . ."

"Dw i'n gwybod," medd Peltan. "Dyna'r pwynt. Byddwn ni'n dechrau ateb cwestiynau a chyn i ni wybod, byddan nhw wedi'n beio ni am bob math o bethau eraill. Gallen nhw ddweud mai *ni* sy wedi gwneud hyn – lladd ein mêt ein hunain." Dyma fo'n rhoi'r gorau i siarad am eiliad, i edrych arnaf i. "Be aflwydd sy yn camera 'na, ta? Pam wnaeth y boi 'na *ladd* i'w gael o."

"Dwn i ddim," atebais. "Gwelais ladrad, ar siop emwaith. Tynnu un neu ddau o luniau. Efallai mai hynny oedd . . . Ta waeth, does dim pwrpas i chi gymryd y goes. Mae'r cops yn gwybod eich bod chi wastad efo Blefyn. Bydden nhw'n sicr o'ch dal chi, ac wedyn byddai yn edrych fel tasech chi wedi'i wneud o." Tynnais fy ffôn allan. "Dw i am eu ffonio nhw rŵan, ocê?"

"Am wn i," mwmialodd Peltan. Felly dyma fi'n bodio tri naw.

Wnes i ddim galw'r cops dros Blefyn, na thros gyfiawnder, nac o ran dyletswydd chwaith. Ei wneud oherwydd y gallwn deimlo'r cerdyn clyfar yn fy esgid o'n i. Yn fuan iawn byddai'r boi efo'r gwn yn canfod nad oedd y cerdyn yn y camera ac yn gwybod yn iawn gan bwy yr oedd o. Byddai'n dod yn ei ôl ac ro'n i am gael torf fawr o blismyn rhyngof i ac yntau pan ddigwyddai hynny.

Roedd y copar atebodd fy ngalwad yn meddwl 'mod i'n tynnu ei goes i ddechrau. "Tŷ Gwellt, medda chdi? Pwy wyt ti, felly, y Blaidd Mawr Drwg 'ta un o'r Tri Moch Bach?" Cymerodd sbel i mi ei berswadio. Ond symudodd yn ddigon handi wedyn.

Digwyddodd yr un peth pan ffoniodd Mam ymhen dau eiliad wedyn.

"Lle ar y ddaear *wyt* ti?" mae'n gweiddi. "Mae hi wedi saith ac mae dy swper di wedi'i ddifetha."

"Lawr grisiau ydw i, Mam, efo corff." Dyna i ti linell dda, os cei di byth gyfle i'w defnyddio.

Dyma hi'n dechrau arni, "*Corff?* Be gythraul ti'n sôn amdano, y lembo gwirion? Pa driciau wyt ti'n eu chwarae? Tyd fyny 'ma ar d'union neu fydda i'n gyrru dy dad lawr i dy lusgo di adre."

Peth gwael i'w ddweud, mae'n debyg, â Blefyn yn gorwedd yno'n farw. Ond roedd yr awr nesaf yn wych o gyffrous.

Pennod 5

Safle Trosedd

Nii-naa, nii-naa, nii-naa, Ro'n i *wrth fy modd* yn gwneud y sŵn yna pan o'n i'n ifanc. Seiren heddlu. Safon ni a gwrando wrth i'r ceir heddlu ddod yn agosach. Y tro yma rhai go iawn oedden nhw. Doedd neb yn chwarae bod yn blismyn a lladron rŵan.

Byddwn ni'n cael digonedd o seirennau heddlu ar y stad, dw i ddim yn gwadu hynny o gwbl. Ti'n eu clywed yn gyson, ond fyddi di byth bron yn clywed pwy wnaeth eu galw nhw, na pham. Roedden ni'n gwybod y tro yma. Teimlad rhyfedd iawn. I mi, beth bynnag. Roedd Peltan a Drewgi ill dau wedi bod yng nghefn ceir heddlu sawl tro. Roedd pethau'n wahanol iddyn nhw.

Y peth nesaf oedd sŵn bŵts ar goncrît. Ymlaciais fymryn – ni fyddai fy nghysgod yn ymddangos rŵan, nid efo'r Moch o gwmpas. Roedd ein llygaid ar y grisiau. Rhedodd dau gopar i'n cyfeiriad. Roedden nhw'n chwythu ac yn tuchan. Dyma nhw'n rhoi cip sydyn ar Blefyn. Wedyn daeth un ohonyn nhw draw aton ni.

"P'run ohonoch chi ydy Philip Huws?"

"Dyma fi," atebais.

"Ti ydy'r un alwodd ni?"

"Ia."

Edrychodd y plismon ar Peltan a Drewgi. "A beth amdanoch chi'ch dau? Pam ydach *chi* yma?"

Amneidiodd Drewgi at gorff Blefyn. "Ni ydy ei fêts o. Welson ni'r boi wnaeth ei saethu o."

"Wnaethoch chi ei symud o?"

"N . . . naddo."

"Wedi cyffwrdd yn unrhyw beth?"

"Naddo."

"Peidiwch. Mae hwn yn safle trosedd. Fe gymera i eich manylion tra'n bod ni'n aros."

Beth ydan ni'n aros amdano? gofynnais i fi'n hun. Roedd yr ail blismon wedi plygu i lawr wrth ochr Blefyn. Edrychodd ar ei fêt ac ysgwyd ei ben. Ro'n i'n gwybod beth oedd hynny'n ei olygu. Wedi'i weld ar y teli. Roedd o'n golygu bod Blefyn wedi marw. Gallwn i fod wedi dweud hynny wrthyn nhw, ond mae'n debyg ei fod yn swyddogol rŵan. Nid Blefyn oedd Blefyn erbyn hyn, y corff oedd o.

Tra bod y plismon cyntaf yn cymryd ein henwau a'n cyfeiriadau, siaradai'r llall i mewn i'w radio. Dyna oedd o'n ei wneud pan glywson ni sŵn traed yn dod i lawr a gweld mai Mam oedd yno. Aeth y plismon cyntaf ati hi a'i stopio ar y stepen waelod. "Chewch ddim dod dim pellach, madam, mae hwn yn safle trosedd."

Roedd Mam yn gandryll. "Dw i ddim *eisio* mynd dim pellach. Dw i eisio fo i ddod adre, mae'i de fo'n oer," medd gan bwyntio bys ataf.

"Byddwn wedi gorffen efo *fo* mewn eiliad," medd y swyddog. "Wel am y tro, beth bynnag."

Newydd fynd yn ôl i fyny oedd Mam pan gyrhaeddodd dau blismon arall. Roedd ganddyn nhw rolyn o dâp glas a gwyn sy'n cael ei osod o amgylch safle trosedd. Roedd y geiriau HEDDLU PEIDIWCH Â CHROESI POLICE DON'T CROSS arno ym mhobman. Dyma nhw'n hongian y tâp ar draws y man lle roedd Mam wedi bod yn sefyll. Wedyn ei osod dros ben uchaf y set gyntaf o risiau. Nawr roedd y landing wedi'i gau.

Ro'n i'n dal i aros am y darn pwysig. Roedd y cerdyn clyfar yn dal i fod yn fy esgid. Ro'n i'n aros am yr adeg iawn i sôn amdano. A dweud y gwir, doeddwn i ddim yn gwybod pryd fyddai'r amser iawn, ond doedd o ddim yn teimlo fel rŵan. Pan ddaeth plismon mewn dillad plaen ro'n i'n gwybod. Ro'n i wedi bod yn aros am dditectif go iawn.

Ei enw oedd Ditectif Sarjant Pitt. "Esgusodwch fi," meddwn, "ga' i air?"

Cododd ei eiliau wrth iddo fwmian, "Be sy'n bod, boi?"

"Dw i'n meddwl 'mod i'n gwybod pam gafodd Blefyn . . . Bleddyn ei saethu, syr."

Syllodd wyneb arnaf. "Wyt ti wir? A pham gafodd ei saethu, boi?"

"Oherwydd hwn." Gwthiais ddau fys i mewn i fy trenyr a chodi'r cerdyn clyfar allan. Edrychodd y ditectif yn ofalus arno. Gwgodd. "Rwyt ti'n meddwl mai dyma oedd y saethwr eisio, felly? Pam oedd o yn dy esgid yn hytrach nag yn y camera?"

"Fy nilyn *i* oedd o, syr, cyn iddo ddod ar draws Blefyn. Wnes i ei dynnu allan o'r camera a'i guddio yn fy nhrenyr rhag iddo fy nal i. Do'n i ddim yn gwybod bod ganddo wn."

Wedyn, wrth gwrs, bu'n rhaid i mi adrodd y stori gyfan i'r ditectif. Soniais am y *snaps* a dynnais o'r lladrad a phob dim arall. Roedd y ditectif yn twt-twtio ac yn ysgwyd ei ben pan ddois i at y rhan am sut y chwareais i'r holl driciau ar y saethwr. Ond, fel y dywedais, do'n i ddim yn gwybod ei fod yn *saethwr*, nag oeddwn?

Ro'n i'n lwcus. Gadawodd i mi fynd adref ar ôl i mi orffen fy stori. Roedd Peltan a Drewgi ar eu ffordd i orsaf yr heddlu i ateb rhagor o gwestiynau. Bu'n rhaid i mi esbonio pam oedd fy nghamera gan Blefyn, ac efallai mai dyna pam oedd yr heddlu wedi dal eu gafael ar Peltan a Drewgi.

Ro'n i mewn trwbl mawr pan gyrhaeddais adref. Roedden nhw wedi cael caws macaroni i de. Roedd fy un i fel sawdl fflip-fflop plastig erbyn hynny. Dangosodd Mam o i mi, cyn ei daflu i'r bin. Bu'n rhaid i mi wneud bîns ar dôst i mi fy hun.

Yn well o lawer na chaws macaroni unrhyw ddydd os wyt ti'n gofyn i mi, ond doeddwn i ddim mor wirion â dweud hynny.

Dyma Dad yn dechrau, "Beth oedd ym mhen dy Yncl Harri yn rhoi camera i hogyn dy oed di? Does gan hogyn dy oed di ddim clem beth i i dynnu llun ohono. Beth oedd arnat ti'n tynnu lluniau o'r lladrad. Wnest ti ddim pwyllo i feddwl peth mor wirion oedd gwneud hynny? Wyt ti'n meddwl y byddai lladron yn gadael i ryw blentyn eu taflu nhw i'r jêl am flynyddoedd maith?" Wfftiodd Dad. "Beth tasen nhw'n ffindio lle ti'n byw? Beth tasen nhw'n dod yma, â'u bwyeill a'u gynnau? Beth tasen nhw'n ymosod ar dy fam? Baset ti ddim yn teimlo mor glyfar wedyn, na faset?"

Doeddwn i ddim wedi meddwl am hynny. Roedd Ditectif Pitt wedi cadw'r cerdyn clyfar, ond doedd y saethwr ddim yn gwybod hynny. Beth petai o'n dod yma? Fe laddodd Blefyn druan heb feddwl dwywaith, fel petai lladd llanc fel sathru ar chwilen. Nid Blefyn oedd wedi gwneud ffŵl ohono chwaith, fi oedd.

Gwylion ni'r teli drwy'r nos, ond chefais i ddim blas o gwbl arno. Doeddwn i ddim yn gallu ymlacio. Ro'n i'n gwrando ar bob mymryn o sŵn, ac mae'n bloc ni yn swnllyd iawn.

Roedd hi'n waeth byth yn y gwely. Cedwais y lamp ymlaen a rhoi fy ffôn o dan y gobennydd. Hyd yn oed wedyn, roedd hi ymhell ar ôl hanner nos cyn i mi fynd i gysgu o'r diwedd.

Pennod 6

Dau Mewn Diwrnod

"Phil. *Philip.*" Deffrais. Roedd Dad yn fy ysgwyd i. Roedd hi'n dywyll y tu allan.

"Be sy'n bod?" cwynais. "Faint o'r gloch ydi hi, Dad?"

"Mae'n gynnar, hogyn. Gwranda. Dw i am i ti ddweud wrth y dyn 'ma be wnest ti efo'r cerdyn o'r camera."

"*Dyn?*" Deffrais yn handi iawn wedyn. Roedd dyn yn sefyll y tu ôl i Dad. Edrychai'n anferth yn fy stafell fechan yn gwisgo'i siaced *puffer* a'i gap pêl-fas.

Roedd Mam yno hefyd. Edrychai'n ofnus iawn.

Codais ar fy eistedd heb dynnu fy llygaid oddi ar y boi. Gwthiodd hwnnw Dad i un ochr. Wedyn safodd uwch fy mhen i. "Lle mae'r cerdyn?"

"Peidiwch â'i frifo fo, plîs," medd Mam. "Dim ond plentyn ydy o."

"Cau dy geg." Roedd o'n syllu i'm llygaid. "Lle mae o, fachgen bach?"

"Y . . . dw i wedi'i roi o i'r Glas." Diawl, roedd gen i ofn. Trueni nad oedd y cerdyn gen i i'w roi iddo. Wedyn byddai'n mynd o'n fflat ni. Roedd Dad yn iawn. Ro'n i wedi bod yn wirion iawn a do'n i ddim yn teimlo'n glyfar o gwbl rŵan.

"Glas?" medd y boi. "Pwy ydy Glas?"

"Yr heddlu."

"A!" Nodiodd a thynnu gwn allan o'i boced.

"Dw i wedi dweud *yn barod*," meddai Dad. "Dim ond plentyn ydy o. Roedd arno ofn. Wnaethon nhw ei gymryd oddi arno."

"Cau dy hen geg fawr," brathodd y dyn.

Trodd at Mam a Dad. "Wynebau ar y llawr, nawr."

"Be 'dach chi am wneud?" crawciodd llais Dad. "Allwch chi ddim – "

"Na allaf?" Trodd y dyn yn ôl ataf i. "Tithau hefyd, wyneb i lawr, sydyn," mynnodd.

Doedd o ddim yn real, teimlai fel pe bawn i mewn hunllef. Trodd popeth yn araf, araf heblaw am fy mrên. Wrth godi o'r gwely gwelais y cloc ar y cwpwrdd gwely. Roedd hi'n ddeg munud wedi tri. Meddyliais, *deuddeg awr o rŵan byddaf yn dod allan o'r ysgol*. Ond ro'n i'n gwybod na fyddwn.

Byddai dim rhagor o ysgol i mi. Byddai fy mêt Dylan yn darllen am beth ddigwyddodd i'r teulu

Huws yn y papur newydd. Byddai eitem ar y teli.
Byddai cymdogion yn ysgwyd eu pennau, yn
dweud mai pobol ddistaw oedden ni, yn cadw'n
hunain i ni'n hunain.

"Gad i'r hogyn fynd," meddai Dad i mewn i'r
carped. "A fy ngwraig. Pa dda wnaiff . . . ?"

"Dw i wedi dweud wrthot ti am gau dy geg,"
hisiodd y dyn yn ôl.

Es i i lawr ar fy mhedwar wrth ochr Mam.
Wedyn wrth i mi orwedd i lawr, cododd ei braich
a'i rhoi dros fy nghefn. Trois fy mhen i'r ochr i
edrych arni. Felly hi fyddai'r peth olaf a welwn.
Roedd hi'n crio, heb wneud sŵn. Roedd arogl
llwch ar y carped. Clywais glic clir. Y boi yn
gwneud rhywbeth i'r gwn. *Rŵan fydd hi*,
meddyliais.

Ffrwydrodd sŵn a golau i bobman. Ro'n i'n
meddwl mai dyna oedd y diwedd. Mai dyna sut
beth oedd cael dy saethu. Ond doedd o ddim.
Doedd o ddim oherwydd ni stopiodd y sŵn na'r

golau. Aeth popeth ddim yn ddu nac yn ddistaw. Yna roedd lleisiau'n gweiddi. Traed trwm yn taro'r carped ac yn gwneud i fy mhen sboncio i fyny ac i lawr. Clywais ergydion – pedwar dw i'n meddwl. Wedyn gwaeddodd rhywun a syrthiodd rhywbeth drosodd gyda chrash. Cododd braich Mam oddi ar fy nghefn ac wrth i mi agor fy llygaid, gwelais fod y stafell yn llawn dynion.

Codwyd fi gan rywun. Ro'n i ar y gwely yn edrych ar rywbeth ar y llawr. Doeddwn i erioed wedi gweld corff marw yn fy mywyd o'r blaen, a dyma weld dau mewn diwrnod. Roedd y saethwr, fy nghysgod, yn gorwedd yno a'i siaced hanner i ffwrdd a'm cwpwrdd gwely dros ei goesau. Roedd golwg syn ar ei wyneb, ac mae'n siŵr ei fod yntau wedi cael syndod hefyd. Ro'n i yn bendant wedi cael syndod.

Roedd dryswch mawr i ddechrau. Pobol yn mynd a dod. Pytiau o sgwrs nad oeddwn yn eu deall. Dw i'n cofio i Mam, Dad a finnau gofleidio, y tro cyntaf erioed. A mỳg o ddiod siocled, nad oedd y cyntaf i ni ei gael. Am ryw reswm roedd Yncl Harri yno, er ei bod ganol nos. Efallai fod Dad wedi ei alw draw i roi amser caled iddo ynglŷn â'r *digicam*. Os felly nid oedd hynny wedi gweithio, gan iddo ddweud wrthyf i beidio poeni, byddai'n prynu camera arall i mi.

Ar ôl amser hir, hir, aeth pawb o'r diwedd gan adael Mam, Dad a finnau ar ein pennau'n hunain. Roedd wedi pedwar o gloch y bore ac ro'n i wedi blino'n ofnadwy. Dim ond mynd i gysgu oedd ar fy meddwl. Ond yn union fel y landing, roedd tâp glas a gwyn ar draws drws fy stafell. Safle trosedd. Byddai'r dynion mewn gwyn yn ôl yn y bore i brocio trwy bopeth.

Cysgais yng ngwely fy rhieni. Roedd fel bod yn ddwy oed eto. Aeth Dad ddim yn ôl i gysgu. Dywedodd ei fod am roi cychwyn da i'r diwrnod. Doedd o ddim yn gallu cysgu beth bynnag, meddai.

Chefais *i* ddim trafferth o gwbl.

Pennod 7

Coco Pops yn y Gwely

Dydd Gwener oedd hi. Roedd yn ddiwrnod ysgol, ond ro'n i'n meddwl y gallwn sgamio diwrnod o wyliau. Wel, doeddwn i ddim wedi cael fy siâr iawn o gwsg, nac oeddwn? Ac ro'n i wedi cael amser caled. Erbyn i Mam ddod ataf roedd fy nghynllun yn barod. Galwodd arnaf o'r drws. Symudais i ddim. Daeth i mewn, gan alw'n uwch. Gorweddais yn llonydd. Plygodd drosof a rhoi pwniad i mi. Pan deimlais hynny neidiais yn sydyn a gweiddi'n wyllt fel hyn,

"Iiiiaaaaaah!"

"Sori," ebychodd Mam. "Sori, Phil, dim ond fi sy 'ma. Amser codi."

Ysgydwais fy mhen, a gollwng ochenaid hir, ddramatig. "Waw, Mam, wnest ti'n nychryn i'n arw! Ro'n i'n meddwl mai'r boi 'na . . . "

"Dw i'n gwybod, cariad bach, mae'n wir ddrwg gen i. Dw i ddim am i ti fod yn hwyr i'r ysgol, ti'n gweld."

"Y . . . ysgol?" gwgais i fyny arni. "Dw . . . dw i ddim yn meddwl y gallaf handlo'r ysgol heddiw, Mam. Dw i'n llanast, yn nerfau i gyd. Rydw i angen gorffwys llwyr. A *Coco Pops* yn y gwely."

Ddylwn i ddim fod wedi sôn am y *Coco Pops*. Ro'n i'n gwneud yn dda hyd at y pwynt yna. Chwarddodd Mam a thynnu'r dwfê i ffwrdd. "Tyrd yn dy flaen, y mwnci bach, allan â ti. Bydd y fflat yn llawn o bobol heddiw. Bydd yn ddigon drwg hebddot *ti* yn y ffordd."

Doedd dim angen dweud hynny. Ro'n i'n *gwybod* y byddai pobol yma. Dyna pam oeddwn am aros gartre. Am ddeg munud wedi wyth ro'n i'n dal y trên i'r ysgol fel arfer, gyda'r *Coco Pops* y tu mewn i mi a 'nghinio yn fy mag.

Mae Dylan o hyd yn dod arno yn yr orsaf nesaf. Byddaf bob tro'n rhoi fy mag ar y sedd i gadw lle iddo. Fyddwn i ddim gartre i wylio'r ditectifs heddiw ond, dim ots, roedd gen i stori anhygoel o wych i ddweud wrth fy mêt.

"Helô, Phil," mwmialodd Dylan wrth ddod i mewn.

"Smai, Dyl." Edrychais arno. "Rhywbeth yn bod?"

"Fe allet ti ddweud hynny."

"Pam, be sy wedi digwydd?" holais.

Ysgydwodd ei ben. "Mel ni eto."

"O." Ro'n i'n gwybod beth oedd yn dod nesaf.

Mae'n swnio'n ddrwg, ond roeddwn wedi anghofio popeth am Mel druan ar ôl beth ddigwyddodd i Blefyn. Ro'n i'n falch nad oeddwn wedi dweud wrth y Glas 'mod i wedi cael cip arno yn ystod y lladrad. "Mewn trwbwl eto, ydy o?"

"Ydy." Syllai drwy'r ffenest. "Dim ond wedi malu ffenest siop emwaith, yn do? Mewn car wedi'i ddwyn. Efo dau foi arall."

"Ac mae'r Glas wedi'u dal nhw, ydyn nhw?"

Chwarddodd Dylan. "Maen nhw wedi dal *un*. Mel ni. Mae'r ddau arall wedi'i heglu hi, gan adael iddo fo yrru'r car i dir diffaith i'w roi ar dân."

"A wnaeth o?"

"O do. Gyrrodd y car i dir diffaith siŵr iawn. Dim ond un snag. Roedd y tir dros y ffordd i orsaf y blwmin heddlu. Yr eiliad aeth y car i fyny mewn fflamau, roedd copars yn rhedeg allan i'w fachu fo. A rŵan mae Mel wrthi'n rwdlian, 'Dwyt

ti byth yn siarad efo'r cops, dyna reol rhif un.'
Mae hynny'n golygu y bydd o'n mynd i'r jêl a gall
ei fêts werthu'r holl watshys Rolex hebddo."

Ysgydwais fy mhen. "Nid y tro yma, mêt."

"Y-y? Be wyt ti'n feddwl?"

Felly adroddais y stori i gyd, gan ddechrau
efo'r lladrad.

"Ti'n gweld," gwenais wrth orffen, "mae dau
fêt Mel ym mol *candid camera* Phil efo dy frawd
mawr. Bydd pob un ohonyn nhw'n mynd i'r jêl
heb fod Mel yn siarad efo'r cops."

Nodiodd Dylan. "Wel, ydy, mae hynna'n
rhywbeth. Ond pwy uffar oedd y boi efo'r gwn?"
Gwgodd. "Oedd o'n un o fêts Mel hefyd?"

"Dwn i ddim," atebais. "Tynnais *snaps* eraill,
ti'n gweld, i fyny a lawr y stryd. Cyn i mi weld y
lladrad. Efallai 'mod i wedi dal rhywbeth heb
wybod. Rhywbeth pwysig."

Edrychodd Dylan arnaf i. "Byddai'n rhaid iddo fod yn bwysig iawn, yn byddai? I wneud iddo ladd a lladd eto?"

Doedd gen i ddim ateb i hynny. Claciodd a siglodd y trên wrth fynd â ni i'r ysgol, a wnes i ddim sôn wrth neb arall am beth ddigwyddodd. Dydw i ddim yn hoffi pobol yn edrych arnaf i. Efallai pe bawn i'n dweud dim, dim ond Dylan fyddai'n gwybod.

Dim gobaith caneri.

Pennod 8

Fel Malwen

Llusgodd y Dydd Gwener hwnnw yn waeth na mae dyddiau Gwener yn arfer llusgo. Allwn i ddim peidio meddwl am beth oedd yn digwydd yn Nhŷ Gwellt. Beth oedden nhw'n ei wneud yn fy stafell wely? Am beth fydden nhw'n chwilio? Doedd dim angen cliwiau am y saethwr. Roedd o ar slabyn yn y môrg ac yn mynd i nunlle. Am beth oedden nhw'n edrych, felly?

A beth am fy *snaps* i? Beth oedd wedi digwydd iddyn nhw? Ro'n i wedi rhoi cerdyn clyfar y camera i Sarjant Pitt ar ôl i Blefyn gael ei saethu. Bydden nhw wedi edrych arno erbyn hyn.

Tybed oedden nhw'n dangos rhywbeth? Beth oedd yn ddigon pwysig i'm cysgod golli ei fywyd drosto? Beth oedd o?

Aeth y diwrnod yn araf, araf iawn. Ond, o'r diwedd, hwyliodd hanner awr wedi tri heibio a dyna'r ysgol yn dod i ben am y penwythnos. Daliodd Dylan a finnau'r trên deg munud i bedwar a siarad am yr holl gwestiynau hynny nes i Dylan gyrraedd ei orsaf. Syllais allan drwy'r ffenest wedyn. *Ydy hi'n bosib mynd i gysgu yn rhywle lle saethwyd dyn yn farw?* holais fi fy hun.

Pan gyrhaeddais adre bu'n rhaid defnyddio'r lifft am fod y grisiau yn dal ar gau gan yr heddlu.

"O, tyrd 'mlaen," cwynais wrth i'r lifft esgyn yn araf, fel malwen. *Byddai'n gynt taswn i'n dringo i fyny siafft y lifft*, meddyliais. Ro'n i'n gobeithio nad oedd fy stafell wely yn dal i fod yn safle trosedd, neu fyddai'n rhaid i mi glwydo efo'm rhieni eto.

"Mae'n iawn, cariad," meddai Mam cyn i mi gael cyfle i ofyn, "maen nhw wedi mynd."

"Be ddigwyddodd, Mam, wnaethon nhw ffindio unrhyw beth?"

Ysgydwodd ei phen. "Dw *i* ddim yn gwybod, nac ydw? Wnaethon nhw ddim dweud dim wrtha i. Dim ond yma i'w gadael i mewn a gwneud paneidiau o de oeddwn i."

"Ddywedson nhw rywbeth am fy *snaps* i?"

"Dw i wedi *dweud* wrthot ti, Phil, ddywedson nhw ddim byd. O, heblaw y gallwn hawlio arian i brynu carped newydd i ti."

"Carped newydd?"

"Ie, maen nhw wedi mynd â'r hen un efo nhw am ei fod o wedi marw arno."

"Dw i'n falch nad o oedd wedi marw ar y gwely, ta. Dw i'n hoffi fy ngwely!"

Ddigwyddodd dim am wythnosau ar ôl hynny. Gorffennodd yr heddlu ar y landing a thynnu'r tâp oddi yno. Roedd y stori yn y papur lleol am sut y saethwyd Bleddyn Bowen yn Nhŷ Gwellt, a sut nad oedd modd cynnal ei angladd oherwydd fod yr heddlu'n dal i weithio ar yr achos. Doedd dim amdanaf i a'm cysgod. Roedd ambell blentyn busneslyd wedi fy nal yn iard yr ysgol a gofyn beth oeddwn wedi'i weld gan fy mod yn byw mor agos at safle'r llofruddiaeth. Ces lonydd ganddyn nhw ar ôl i mi ddweud nad oeddwn i'n gwybod mwy na nhw.

Wedyn, pan o'n i'n meddwl bod pawb wedi anghofio popeth, daeth dau swyddog heddlu pwysig yr olwg i'n fflat ni.

Saith o'r gloch ar nos Iau oedd hi. Roedd Dad allan, a Mam a finnau'n gwylio'r teli. Yn sydyn dyma gnoc uchel iawn ar y drws. Agorodd Mam gil y drws ar y gadwyn. Dyna lle roedden nhw yn eu dillad plaen yn dangos eu cardiau adnabod. Ditectif Prif Arolygyddion Lewis a Griffiths. Cawson nhw ddod i mewn gan Mam, a dyma hi'n gwneud i mi ddiffodd y teli. Edrychodd y ddau arnaf, "Ai Philip ydy dy enw di, ddyn ifanc?" meddai Lewis.

"Ie, syr," atebais.

"Wel, Philip," meddai. "Mae fy ffrind a minnau wedi dod i ddiolch i ti."

"*Fi?*" holais, a dyma fo'n gwenu a dweud, "Ie ti, Philip."

Gofynnodd Mam iddyn nhw eistedd, cawson nhw baned a dweud hyn wrthon ni.

"Yn syth wedi i ti roi cerdyn clyfar dy gamera i Sarjant Pitt dyma ni'n cael sbec ar dy *snaps* di ar y sgrin. Edrychon ni'n ofalus arnyn nhw. Roedd 'na rai da o'r lladrad, ond roedden ni'n amau nad oedd unrhyw gysylltiad rhwng y lladrad a'r saethu. Roedden ni'n credu dy fod wedi digwydd dal rhywbeth mwy difrifol. I ddechrau allen ni ddim gweld dim byd pwysig yn y lluniau. Dim ond *snaps* o stryd wlyb, pobol yn cerdded yn y glaw a thraffig yn mynd heibio. Dyma redeg drwyddyn nhw eto, a'r tro yna dyna sbotio rhywbeth. Neu yn hytrach, *rhywun*."

Cymerodd Lewis ysbaid, gwenu ac yfed mymryn o'i de. Cydiodd Griffiths yn y stori.

"Roeddet ti wedi snapio mynedfa'r orsaf drenau fel roedd dyn yn dod allan. Roedden ni'n amau ein bod wedi gweld y bonheddwr yma o'r blaen, mewn llun roedd y gwasanaethau diogelwch wedi'i anfon at bob gorsaf heddlu. Pan chwyddon ni'r snap, aeth popeth yn wyllt gacwn. Vladek Topp oedd y dyn. Fyddi di ddim wedi clywed amdano, ond mae heddluoedd o leiaf 15 gwlad ar ei ôl. Terfysgwr ydy o sy'n enwog am ymosod ar orsafoedd trên a thiwb. Mae o'n eu llenwi nhw â nwy gwenwynig." Tynnodd Griffiths 'stumiau. "Ac fe wnest ti ei ddal yn dod allan o'r orsaf."

"O, na," meddai Mam. "Oedd o wedi . . .?"

"Nagoedd, nagoedd." Ysgydwodd Griffiths ei ben. "Doedd o heb blannu dim. Mae'n debyg mai edrych o gwmpas am y lle gorau oedd o. Ti'n gwybod, i wneud y niwed mwyaf, i frifo a lladd gymaint o bobol â phosib .." Crynodd Mam ac aeth Griffiths yn ei flaen.

"Cysyllton ni'n syth â'r gwasanaethau diogelwch. Yr un noson, dyma nhw'n cynnal cyrchoedd ar rai o'r tai roedden nhw wedi bod yn eu gwylio. Mewn un tŷ daethon nhw o hyd i 50 tun o nwy syanid mewn seler. O'i chwistrellu dan ddaear mae hwnnw'n sicr o ladd pobol."

Dechreuodd Lewis siarad eto. "Soniodd pobol dros y ffordd o'r tŷ eu bod nhw wedi gweld dyn yn gadael y tŷ y diwrnod hwnnw. Dyn tal a wisgai siaced *puffer* a chap pêl-fas tywyll. Fel y dyn yn dy lun di."

Syllodd Mam ar y ddau swyddog. "Y cymeriad Vladek yma – ai hwnnw . . . ?" dechreuodd ofyn.

Nodiodd Griffiths. "Ie, fo oedd yr un laddodd Bleddyn Bowen ar eich grisiau. Fo dorrodd i mewn i'ch cartre chi yn hwyrach ymlaen. Roedd o wedi gweld Philip yn tynnu ei lun, trychineb i lofrudd oedd â'r heddlu ar ei ôl. Roedd yn gwybod bod y gwasanaethau diogelwch yn nabod ei wyneb yn barod. Fyddai dim byd ar y ddaear yn ei rwystro rhag cael y llun yna yn ôl."

"Ie, ond . . ." meddwn i. "Sut oeddech chi fois yn gwybod bod Topp yn ein fflat ni?"

Ysgydwodd Griffiths ei ben. "Doedden ni ddim. Roedden ni'n gofyn i ni'n hunain pam oedd o wedi gadael ei dŷ saff. Doedd dim modd iddo wybod ein bod ni am wneud cyrch arno. Roedden ni'n amau ei fod wedi mynd ar ôl y cerdyn clyfar."

"Ond doedd o ddim yn gwybod lle o'n i'n byw."

"Rydyn ni'n meddwl ei fod o, Philip."

"Sut?"

"Wel, mae'n rhaid fod Topp wedi canfod bod y camera'n wag munud neu ddau wedi i ti ei weld yn gadael y bloc ar ôl iddo saethu Bleddyn. Roedd yn *rhaid* iddo gael y cerdyn clyfar. Felly daeth yn ei ôl. Pan gyrhaeddodd yr heddlu Bleddyn, roedd Topp yn cuddio yn rhywle yn Nhŷ Gwellt. Wyddon ni ddim lle roedd o tra oeddech chi'n siarad â'r plismyn, ond roedd yn ddigon agos i weld i ble est ti wedyn. Ni allai wneud dim tra oedd yr heddlu yno, felly cuddiodd ac aros. Wedyn daeth i'ch fflat chi yn hwyrach ymlaen.

"A."

"Beth bynnag, Philip," meddai Lewis, oedd wedi gorffen ei de, "y pwynt ydy dy fod ti wedi achub bywydau cannoedd o bobol yn yr orsaf drenau. Ti a dy gamera. Sy'n fy atgoffa . . ." Aeth i bysgota i'w boced a thynnu fy *digicam* allan. "Ai hwn ydy o?"

"Hei, ie, mae'n edrych yn debyg iddo. Lle wnaethoch chi . . .?"

Gwenodd Lewis. "Dy gysgod ollyngodd o mewn drws siop ac fe ddaeth dinesydd gonest o hyd iddo. Dyma ti." Rhoddodd o i mi, ynghyd ag amlen frown hir. Syllais ar yr amlen. "Be ydy hyn?"

"Wel . . . y . . . rhywbeth bach i ddiolch i ti oddi wrth . . . wel, pobol sy'n meddwl dy fod wedi gwneud yn dda iawn. Agor hi ar ôl i ni fynd."

Gadawon nhw'n syth wedyn, a dyma Mam yn fy nghofleidio. "Ein harwr ni," meddai. "Wyt ti'n mynd i agor yr amlen 'na?"

Mi wnes. Y tu mewn iddi roedd siec am £500 a nodyn yn dweud, *Ddrwg gennym am yr holl ffwdan efo'r wasg.* Gwgodd Mam. "*Pa* ffwdan efo'r wasg? 'Dan ni heb gael ffwdan *o gwbl*."

Sôn am siarad yn rhy fuan.

Pennod 9

Hip, Hip . . .

Pan ddaeth Dad i mewn roedd yn mynnu clywed y stori i gyd, cyn cael diod i ddathlu. Roedd hi'n hwyr pan es i i'r gwely yn stafell y meirw. Dydw i erioed wedi *gweld* ysbryd Vladek Topp, ond mae o bendant yno.

Fe gyrhaeddon nhw am hanner awr wedi chwech y bore wedyn. Gohebwyr a ffotograffwyr. Bu'n rhaid i Dad wthio bois o'r ffordd wrth adael i fynd i'w waith. Bolltiodd Mam y drws wedi iddo fynd, ond hyd yn oed wedyn gwthiodd rhywun

roffon llaw drwy'r blwch llythyrau.

"Philip, ychydig eiriau i'r cyhoedd, os gweli 'n dda," gwaeddodd. Es i i guddio o dan y gwely. r fy ngharped newydd. Hunllef.

Ffoniodd Mam yr ysgol i ofyn i mi gael fy esgusodi heddiw. Dywedodd y Prifathro mai peth hurt oedd caethiwo plentyn yn ei fflat ei hun. Byddai'n ffonio'r papurau i brotestio.

Os ffoniodd o nhw, ni wnaeth wahaniaeth o gwbl. Roedd y rhodfa yn dal i fod yn llawn dop. Cymerodd y gohebwyr eu tro i guro ar y drws, a bu'n rhaid i ni dynnu'r ffôn o'i grud.

Erbyn amser cinio roedd Mam wedi cael digon. Galwodd Yncl Harri. Mae o'n un da mewn argyfwng, wastad yn gwybod y peth gorau i'w wneud. Daeth draw, gwthio'i ffordd drwy bawb a dewis gohebydd ar hap. "Wyt ti am ecsgliwsif?" holodd. Roedd hi, ac fe'i gwthiodd hi i mewn i'r fflat. Dim ond wedyn dechreuodd rhai o'r gohebwyr a'r camerâu adael.

Pippa oedd ei henw. Merch hyfryd oedd yn gweithio i'r *Star*. Aeth i lawr ar ei gliniau ar y carped i ofyn cwestiynau i mi. Arhosais o dan y gwely. Dyma fi'n dod allan ymhen ychydig. Erbyn iddi adael, roedd y rhodfa'n wag.

Dylet ti fod wedi gweld y *Star* y diwrnod wedyn. Roedd Pippa wedi benthyg fy llun ysgol gan Mam a dyna lle roedd o, ar draws y dudalen flaen. Roedden nhw wedi'i chwyddo tua 600 gwaith, ac roedd fy ngwyneb mor fawr â chloc neuadd y dre. SNAPIWR SYDYN YN DAL DIHIRYN sgrechiodd y pennawd, mewn llythrennau anferth.

Wedyn bu'n rhaid i mi fynd i'r ysgol. "Hei!" gwaeddodd rhyw bloncyr, wrth weld Dylan a minnau yn yr iard. "Y sodin Snapiwr Sydyn a'i fflipin ffrind ffyddlon."

Ac os wyt ti'n meddwl bod *hynny*'n ddrwg, dyma'r Prifathro'n meddwl y byddai'n cŵl i mi ddod i'r llwyfan yn ystod y gwasanaeth a rhoi

tair hwrê i mi. Dw i ddim yn tynnu dy goes –
blwmin hip, hip, hwrê, tair gwaith! Bron i mi
farw.

Dw i'n well rŵan, diolch byth. Mae'r lladron i
gyd yn y jêl. Dydyn nhw ddim yn gwybod fy mod
i wedi'u snapio nhw, a dw i'n falch. Doeddwn i
ddim am roi brawd fy mêt yn nwylo'r heddlu.
Mae 'na ddynion gwaeth o lawer yn y byd na Mel.

A gobeithio na fydd un ohonyn nhw'n cerdded
o flaen fy nghamera i eto, dyna i gyd.